CALONNE RESSUSCITÉ

DANS LA PEAU

DE

GAMBETTA

(1780-1880)

PAR

M. ALPHONSE JOBEZ

ANCIEN REPRÉSENTANT

PARIS

E. DENTU, ÉDITEUR

Palais-Royal, 15, 17, 19, galerie d'Orléans

—

1882

CALONNE RESSUSCITÉ

DANS LA PEAU

DE

GAMBETTA

(1780-1880)

PAR

M. ALPHONSE JOBEZ

ANCIEN REPRÉSENTANT

PARIS

E. DENTU, ÉDITEUR

Palais-Royal, 15, 17, 19, galerie d'Orléans

1882

CALONNE RESSUSCITÉ

DE

GAMBETTA

Me trouvant un jour avec un vieillard de ce dix-huitième siècle qui avait applaudi les possédés de Saint-Médard tout en reniant le christianisme, qui courait autour de la cuve de Mesmer, invoquait les âmes des morts, et au même moment soutenait avec Locke que tout était matière, je me pris à lui tenir la conversation suivante.

Chaque époque a un cachet qui lui est particulier, ou, si l'on veut, la tendance générale des esprits varie d'un siècle à un autre. Il y a des siècles où les poètes sont nombreux et le goût de la poésie répandu, comme sous le règne de Louis XIV et après la révolution de juillet, lors de la lutte ardente des classiques et des romantiques; il y a des siècles historiques où l'on recherche avec soin les faits et gestes des nations; il y a des siècles où la pensée religieuse domine, où les faits miraculeux se produisent ou du moins s'affirment et sont crus; il y en a d'autres, comme celui dans lequel nous vivons, où l'esprit de la science l'emporte sur tout, où l'on veut palper des faits matériels, expliquer les actes les plus mystérieux de la vie humaine, et où l'on est prêt à repousser toute chose qui n'est pas attestée par une preuve sortie d'un laboratoire et d'une cornue. De ce que d'après Montaigne l'esprit humain est ondoyant et divers, il ne s'ensuit pas qu'il passe continuellement d'une erreur à une autre erreur, d'un songe à un songe. La poésie est aussi vraie que le creuset du laboratoire, elle relève et fortifie dans l'esprit le sentiment de l'idéal, qui est aussi utile à l'homme que le sang qui circule dans ses veines. Le sentiment religieux donne non seulement un singulier ébranlement à notre esprit, mais communique à notre corps une force inconnue et matérielle. L'histoire des martyrs, qui est de tous les temps, de tous les pays et de toutes les croyances, atteste des faits sublimes de puissance et de dévouement que ne détruiront pas les railleries d'un sceptique qui se croit fort parce qu'il contredit les opinions du passé et celles du présent.

Chaque siècle, pour tout penseur et tout observateur sérieux, poursuit une vérité à travers un chaos d'erreurs et d'illusions. Il la saisit parfois, mais, ne la reconnaissant pas, il la laisse se perdre et se noyer dans une série de faits mal observés qui la font oublier et donnent gain de cause aux ignorants, qui nient tout parce qu'ils n'étudient rien.

Les miracles, c'est-à-dire les faits exceptionnels qui contredisent les lois qui régissent l'humanité en général, ont eu lieu plus d'une fois, et ils ont eu lieu même à notre époque. Mais il faut convenir, malgré les pèlerins de Lourdes et de la Salette, que notre temps n'est guère propice à leur découverte et à une investigation sérieuse qui permettrait de discerner ceux qui sont vrais de ceux qui sont faux. La réalité des miracles est attestée par tous les historiens. Plutarque raconte que Brutus était une nuit au milieu de son armée endormie, éclairé par une faible lumière et livré à ses pensées, quand il entend un bruit à l'entrée du pavillon qu'il occupait, et voit entrer une merveilleuse et monstrueuse figure d'un corps étrange et horrible, qui alla se présenter devant lui sans dire un mot. Brutus lui demanda qui il était. « Je suis ton mauvais génie, tu me verras près de la ville de Philippes. — Eh bien, je t'y verrai donc, » répliqua Brutus, et le fantôme disparut. Le lendemain il raconta à Cassius ce qui lui était arrivé. « Nous tenons de notre secte de philosophie que nous ne souffrons ni ne voyons ce que nous pensons voir et souffrir, dit Cassius, et c'est chose bien incertaine et trompeuse que le sens naturel de l'homme. Il est peu vraisemblable qu'il y ait des esprits qui parviennent jusqu'à nous. » Brutus se rassura, prit l'apparition qu'il avait eue pour un de ces songes fugitifs qui hantent un instant notre imagination ; mais la nuit où il se trouva près de Philippes, le même fantôme apparut dans sa tente, puis s'évanouit, et les historiens racontent des faits étranges qui amenèrent la défaite du lendemain et le suicide de Brutus. Que signifient les théories philosophiques ou autres devant un fait matériel ?

Saint-Simon raconte que la Sery, une des maîtresses

du duc d'Orléans, avait chez elle une petite fille de huit à neuf ans, qui y était née, et, n'en étant jamais sortie, avait l'ignorance et la simplicité de cet âge et de cette éducation. Entre autres fripons de curiosités, dont Monsieur le duc d'Orléans avait beaucoup vu dans sa vie, dit Saint-Simon, on lui en produisit un chez sa maîtresse, qui prétendit faire voir dans un verre rempli d'eau tout ce qu'on voudrait savoir. Il demanda quelqu'un de jeune et d'innocent pour y regarder, et cette petite fille s'y trouva propre. Elle venait de voir plusieurs choses qui se passaient dans des lieux éloignés, quand le duc d'Orléans lui demanda de décrire l'appartement de Madame de Nancré. Elle parla des figures, des vêtements des gens qui s'y trouvaient, et Nancré, ayant été chez sa mère, attesta la vérité de ses dires. Le duc d'Orléans, encouragé, eut la curiosité de savoir ce qui se passerait à Versailles à la mort du roi : « La petite fille regarda et expliqua longuement tout ce qu'elle voyait. Elle fit avec justesse la description de la chambre du roi, de l'ameublement qui s'y trouva, en effet, à sa mort. Elle le dépeignit parfaitement dans son lit, et ce qui était debout auprès du lit et dans la chambre, un petit enfant avec l'ordre (du Saint-Esprit), tenu par Madame de Ventadour, sur laquelle elle s'écria parce qu'elle l'avait vue chez Mademoiselle de Sery. Elle leur fit connaître Madame de Maintenon, la figure singulière de Fagon, Madame la duchesse d'Orléans, Madame la duchesse, Madame la princesse de Conti, elle s'écria sur Monsieur le duc d'Orléans.... Quand elle eut tout dit, Monsieur le duc d'Orléans, surpris qu'elle ne lui eût pas fait connaître Monseigneur, Monseigneur le duc de Bourgogne, Madame la duchesse de

Bourgogne ni Monsieur le duc de Berry, lui demanda si elle ne voyait point des figures de telle et telle façon. Elle répondit constamment non.... Monsieur le duc d'Orléans ne pouvait comprendre.... On rechercha vainement la raison, l'événement l'expliqua. On était lors en 1706. Tous quatre étaient alors pleins de vie et de santé, et tous quatre moururent avant le roi. »

Si après avoir passé de Brutus à Saint-Simon, nous allons de Saint-Simon à lord Byron, nous trouvons au milieu de la Méditerranée le capitaine d'un navire se sentant la nuit oppressé par un affreux cauchemar, qui étend les mains sur sa couverture et sent l'uniforme mouillé d'un marin. C'était le corps de son frère qui se noyait à cette heure dans les mers de l'Inde. Comment, devant de pareils faits, ne pas comprendre qu'une chaîne ininterrompue rattache le monde visible au monde invisible ? Le surnaturel nous enveloppe, à chaque moment des faits étranges se produisent, qui nous montrent une sorte de corrélation constante entre les êtres qui habitent notre terre et ceux qui n'y sont plus. Qui nous dit que nous ne coudoyons pas parfois un être qui revient voir la planète sur laquelle il a vécu ? Le fait serait difficile à prouver, mais il est en tout cas plus probable que l'explication donnée par les athées sur les origines de l'humanité, quand Diderot fait parler l'aveugle Saunderson de matières en fermentation et s'écrie : « Combien de mondes estropiés, manqués, se sont dissipés, se reforment et se dissipent à chaque instant, dans des espaces éloignés où le monde continue et continuera de combiner des amas de matière, jusqu'à ce qu'ils aient obtenu quelque arrangement dans lequel ils puissent persévérer. »

Vous avez bien raison, me répondit l'excellent homme, qui m'avait écouté avec une religieuse patience, je suis comme Voltaire, que Diderot traitait de cagot, je crois avec l'universalité des hommes à un grand Architecte, je crois de plus à autre chose qu'à de la matière et pense que l'existence de cette force vitale insaisissable, qu'on nomme l'âme ou l'esprit, peut donner naissance à bien des faits étranges, comme au retour sur cette terre d'un homme qui l'a déjà habitée. Comment se convaincre de ce fait, si ce n'est par une ressemblance physique et par des qualités morales et intellectuelles semblables ? Je ne serais pas surpris qu'aujourd'hui, parmi les hommes en évidence, il y ait un personnage qui a joué un rôle, il y a un siècle, dans notre pays. Il l'ignore évidemment, car ce n'est pas un thaumaturge comme ce comte de Saint-Germain, qui racontait à la cour de Louis XV ce qui lui était arrivé à la cour de François Ier ; mais il y a une telle ressemblance physique entre lui et Calonne, que des frères jumeaux auraient difficilement des traits plus calqués les uns sur les autres. Je me souviens de Calonne, qui est mort en 1802, à l'âge de soixante-huit ans, par suite d'une circonstance qui m'avait conduit à Londres en 1800. Je désirai voir le ministre célèbre qui avait conduit la monarchie à la ruine, et l'examinai avec une telle curiosité que sa figure est restée gravée dans ma mémoire comme si elle était encore présente sous mes yeux. J'étais vers 1865 très peu préoccupé de cette curiosité de ma jeunesse, quand entrant dans un café de ce qu'on appelle le quartier latin, je vis devant une table, entouré de jeunes gens qui causaient, la figure du Calonne de Londres, rajeunie mais frappante : cette bouche à la fois spirituelle et dédaigneuse, ce regard moqueur et hardi, cette tête qui se renversait en arrière, comme par une sorte de tic, avec un air de défi. Je revins plusieurs fois considérer ce personnage, qui semblait causer avec charme et égayait ses auditeurs par ses narrations piquantes, par ses bons mots et cet air bon enfant qui le mettait à la portée de tous. Toutes les fois que je le revis je me disais : Mais c'est la figure de Calonne. En rentrant chez moi, je reprenais l'histoire de ce ministre dans les mémoires du temps, je le voyais enorgueilli de son esprit, entouré de camarades qui se plaisaient à l'entendre, à l'exciter à parler. J'appris bientôt que le jeune homme dont la ressemblance avec l'ancien ministre de Louis XVI m'avait causé une si vive surprise était un avocat, M. Gambetta. Il ne tarda pas à sortir du cercle d'étudiants où il passait sa vie pour aborder un plus grand théâtre, celui de la politique. Il était lié, disait-on, avec un autre avocat, M. Ollivier, avec lequel il discutait sur les affaires du temps, sur la durée de l'empire, sur l'avènement possible de la république. M. Ollivier, disait-on, était pour l'avènement prochain de la république ; M. Gambetta était hésitant ; rumeurs de quartier latin, rumeurs de cafés, qui occupaient les oisifs à cette époque où la presse était muette et où les Français, humiliés, ne savaient à quoi se rattacher.

Préoccupé de la ressemblance physique qui m'avait attaché à M. Gambetta, je suivis avec un intérêt constant la route où il s'engageait, comparant sans cesse sa conduite avec celle de l'homme qui existait à Londres il y a un siècle.

Qu'avait fait Calonne à un moment où le roi était tout, où l'amour du roi résumait tout ? Il s'était assez aimé lui-même pour aimer le roi, et, acceptant toutes les commissions que les ministres voulaient bien lui donner, il était allé soutenir en Bretagne la lutte contre le parlement et contre la Chalotais.

M. Gambetta, venant cent ans après, a pris la voie qu'il avait suivie quand il s'appelait Calonne, il s'est aimé assez lui-même pour adorer le peuple et tous ses caprices. Mandat impératif, soumission du député à ses électeurs, il a tout aimé et tout accepté des habitants de Belleville.

Le dévouement du Calonne de 1730 pour Saint-Florentin est aussi vif, aussi ardent, aussi dénué de tout scrupule dans celui de 1880 pour les anarchistes de Belleville, pour les communards qui ont brûlé Paris.

Voilà une première preuve d'identité puisée dans le caractère, dans les tendances, dans le but et dans la manière d'y atteindre.

Continuez à suivre Calonne disant au président de la cour des comptes : « Je dépose l'engagement solennel de me dévouer tout entier à la chose publique, de n'avoir qu'elle en vue, de n'épargner ni peine ni sacrifice quelconque pour la servir. » En 1880, c'est le même langage aux électeurs, aux représentants de commerce, aux marchands de vin : « J'ai étudié l'histoire de France avec amour, je sais ce qu'il vous faut, je connais vos besoins, croyez en moi. » Le Calonne de 1780 est bien avec tout le monde, il donne des pensions aux courtisans, il est au mieux avec les banquiers et avec les écrivains. Lorsque

Mirabeau vient se plaindre de la condamnation d'un de ses livres, Calonne, qui ne tient pas plus à ses collègues qu'aux lois, lui dit : « La mesure m'a été escamotée par le garde des sceaux. Qu'est-ce après tout qu'un arrêt du conseil ? » Celui de 1880 traite les ministres, ses collègues de la Chambre, avec le même sans-façon. Représentez-vous l'attitude du Calonne de 1780, lors de son voyage à Fontainebleau, quand il marche entouré de courtisans qu'il a enrichis de ses bienfaits, quand, à la grande joie du roi et de la reine, il a fait don au dauphin de petits chevaux de Sibérie dressés avec soin et conduits par de jeunes jockeys, comparez son attitude avec celui de 1880, lors de ses conversations avec le prince de Galles et avec le roi d'Italie, auquel il promet d'obtenir un traité de commerce avantageux que les Chambres françaises n'ont pas voulu ratifier. L'identité s'accentue à mesure que le personnage de nos jours s'élève comme il s'élevait il y a cent ans. Il ne s'agit pas d'une politique à courte échéance, mais d'une politique à longue vue, c'est-à-dire d'une politique suivie et dirigée pendant un grand nombre d'années par M. Gambetta. C'est ce que racontait Calonne à l'envoyé de l'Angleterre, Eden, lorsqu'il lui disait en parlant des finances de la France comparées à celles de l'Angleterre : « Je suis bien embarrassé dans ce moment ; après avoir négocié de lourds emprunts cette année, je serai obligé pendant huit ans de rembourser annuellement cinquante millions. Après cette période, nous avons l'espoir de nous sentir à la fin à notre aise. » Trois mois après cette confidence, Calonne convoquait les notables pour affermir sa politique à longue échéance. A ce moment l'identité de l'homme de 1780 avec celui de 1880 devient encore plus frappante. Les notables ne sont pour lui qu'un fantôme de conseil, qu'un paravent destiné à abriter ses volontés. A peine sont-ils rendus à Versailles que Calonne fait vanter par le *Journal de Paris*, par la *Gazette de Leyde*, répandus à profusion, tout le bien qu'il veut faire ; s'il ne se fait pas, ce seront les notables qui l'auront empêché. « Peut-on faire, s'écrie-t-il, le bien général sans froisser quelques intérêts particuliers ? Déjà l'Assemblée a fait éclater sa reconnaissance sur les vues annoncées par Sa Majesté, ce serait à tort que les observations dictées par le zèle des expressions d'une noble franchise feraient naître l'idée d'une opposition malévole. »

En 1880, le langage du revenant diffère peu de celui d'autrefois : « La Chambre précédente, Messieurs, avait voté le rétablissement du scrutin de liste, les élus, en grand nombre, l'ont inscrit sur leur programme, et les électeurs qui les ont nommés ont prouvé par leurs votes mêmes que le scrutin de liste est resté dans leur pensée l'expression la plus logique du suffrage universel. Il convient de résoudre cette question dans le sens de la tradition républicaine. » Quand il s'agit du Sénat et du nombre d'électeurs qui doivent concourir à sa formation, M. Gambetta dit : « Vous savez, Messieurs, comment les suffrages populaires ont jugé ce système. Ils ont réclamé partout que désormais, dans le corps électoral du Sénat, les délégués des conseils municipaux fussent proportionnés en nombre aux électeurs inscrits dans la commune. »

Le Calonne de 1780 était en face d'une Assemblée dont il avait choisi les membres, qui n'avait reçu de mission

que de lui-même. Il s'agissait de détruire les privilèges
de la noblesse en fait d'impôts, de réformer un code cri-
minel dont les dures prescriptions étaient en partie diri-
gées contre le peuple; il s'agissait de la révolution, qu'un
ministre imprudent déchaînait sans l'apercevoir, pour
conserver quelques années de pouvoir.

En 1880, M. Gambetta, l'élu presque douteux d'un
collège électoral qui ne partage nullement ses opinions,
se pose en grand électeur; et devant une assemblée qui
vient de sortir des entrailles de la nation, ose, comme
Louis XIV, menacer de sa cravache ceux qui ne s'incli-
neront pas devant sa volonté. Que demande-t-il? Le
scrutin de liste voté par la Chambre précédente avec une
répugnance dont tout le monde se souvient, à la suite
d'une multitude de dîners et de déjeuners qui ont créé
une renommée au cuisinier du palais Bourbon.

Quelle différence y a-t-il entre le scrutin de liste et le
scrutin individuel ou d'arrondissement? Le scrutin de
liste, donnant à l'électeur la mission de désigner tous les
députés d'un département à la fois, fait que le député
est moins la créature de l'électeur. Il peut plus facile-
ment refuser de s'occuper de lotir d'un bureau de tabac
un de ses concitoyens, que si le bulletin de vote ne por-
tait qu'un nom et le mettait à la merci d'un plus petit
nombre de votants et en face d'un plus grand nombre de
concurrents.

Mais si le scrutin de liste a ses avantages, le scrutin
d'arrondissement a aussi les siens. L'illustre Bailly nous
apprend que la question de choix s'est posée à Paris lors
de l'élection de l'Assemblée constituante. « On balança,
écrit-il dans ses mémoires, le scrutin de liste contre le

scrutin individuel. Celui de liste était certainement plus
favorable à l'intrigue et aux prétentions ; les voix, en se
dispersant, laissent plus d'espérance de parvenir avec
peu de suffrages. Le scrutin individuel trois fois répété
offre un moyen à une réunion motivée, et le ballottage
par où il finit est un combat corps à corps, où dans une
assemblée bien composée le mérite et la vertu doivent
avoir l'avantage. »

La différence qui existe entre les deux scrutins est,
comme l'on voit, loin d'avoir une importance capitale [1].

Nous ne parlerons pas de l'augmentation du nombre
des électeurs pour la nomination des sénateurs, M. Gambetta a trop d'esprit pour y attacher un bien grand prix.

Les élections des sénateurs, soit par les électeurs,
soit par les sénateurs pour leurs confrères à vie, ont été
excellentes au point de vue républicain. Le Sénat a joué
dans nos affaires publiques un rôle à la fois modérateur
et progressif, et, pour toute personne de bonne foi, les
journaux même intransigeants n'ont pas pu relever une
peccadille sérieuse capable de compromettre une amé-
lioration importante.

Votre but, votre visée était et est le scrutin de liste,
la prétendue réforme du Sénat n'a été que le brouillard
destiné à masquer votre dessein ; vos déjeuners et vos

---

[1] Nous ajouterons qu'avec l'habitude du scrutin d'arrondissement prise
par les populations, cette différence disparaît dans presque tous les cas. En
1873, le département de la Marne ayant à élire un député, par suite de la
démission de M. Flye de Sainte-Marie, il fut décidé que M. Flye étant le
député de Vitry, ce serait Vitry qui choisirait son remplaçant. Vitry choisit
M. Picard, professeur de mathématiques à l'académie de Poitiers, qui avait
depuis longtemps quitté son pays natal, qui était Vitry, et le département
tout entier vota pour M. Picard, pour rendre à Vitry un député de son
choix.

dîners vous ont sans doute occasionné des dépenses, mais vous en avez fait une bien plus importante pour créer, comme un décor d'opéra, une opinion publique à laquelle personne ne songeait. Les journaux de Paris ont donné le branle, les journaux de province ont reçu le mot d'ordre et ce que l'on appelle le nerf de la guerre. La question du scrutin de liste et la question du Sénat, qui l'avait repoussé, ont été achetées, pour me servir des expressions de M. Emile de Girardin quand il expliquait pourquoi il émettait des opinions contraires à celles de son journal. Une sorte de compagnie d'assurances s'établit entre les députés troublés au moment de leur réélection, et beaucoup s'inclinèrent devant cette opinion factice pour ne pas être en opposition avec le journal de leur localité. Si l'on prenait, comme le veut M. Barodet, toutes les professions de foi, on serait surpris des réticences, des réserves qu'elles renferment. *Il y a quelque chose à faire pour l'élection des sénateurs, il y a peut-être des améliorations à apporter dans le scrutin qui désigne les députés.* Dans la plupart de ces professions, sauf dans celles des intransigeants, qui, n'ayant qu'une loi, celle de détruire, ne sont jamais dans l'embarras, il n'y a pas trace de la passion qui est le signe d'une opinion publique sérieuse, il y a de la résignation, pas autre chose.

C'est que le pays n'a rien compris à la crise que lui imposaient des politiciens parisiens plus préoccupés de ce qui se fait à la Bourse que de ce qui se passe dans nos campagnes et nos manufactures. Le pays attendait des études sérieuses et réfléchies sur notre organisation administrative, des travaux approfondis sur les besoins à la fois moraux et matériels d'une grande société, et il voit surgir un débat théorique sur les détails d'une constitution parfaitement raisonnable, qui a fonctionné depuis plusieurs années à la satisfaction des populations et à l'honneur de la France.

Ce n'est évidemment pas uniquement pour assurer la prééminence du scrutin de liste sur le scrutin individuel que vous avez ébranlé la constitution et risqué la tranquillité de la France. Vous avez été dirigé par une autre pensée, tranchons le mot, par une convoitise. Le scrutin de liste ou le scrutin individuel sont presque indifférents pour la constitution d'une Chambre, mais non pour un ambitieux qui tient à tirer parti de la popularité acquise à son nom. Le scrutin de liste, c'est la base sur laquelle se greffent les plébiscites. Vous cherchez donc un plébiscite. Vous êtes donc un des héritiers des principes de brumaire et de décembre.

Vous ne criez pas comme Mirabeau : « Malheur aux peuples reconnaissants, ils cèdent tous leurs droits à qui leur en a fait recouvrer un seul. » Vous qui avez vu Sedan, vous qui avez flétri le crime de Metz, vous voulez rétablir dans nos lois l'instrument qui a porté au pouvoir l'auteur de tous nos désastres. Ah ! vous méritez bien qu'on vous répète ce que l'on disait au premier Calonne : « Le bien dire ne dispense pas du bien faire ; la souplesse de l'esprit, la facilité du travail, les grâces du style, les préambules élégants, les beaux discours, sont autant de pièces de conviction contre le ministre qui expose avec art les bons principes, et les élude ou les insulte dans l'exécution. »

Vos discours sont nombreux, fort agréables, mais

permettez-moi de vous le dire, ils sont trop **vagues**, ils ne sont pas assez substantiels pour un homme d'Etat, et parfois ils prennent une teinte de puritanisme américain qui, un jour ou l'autre, vous nuirait au milieu d'une France hostile à tous les cléricalismes. Pourquoi avez-vous présidé et harangué cette corporation de trois mille marchands de vin, qui tiennent à affaiblir la force du jus de la treille, comme on dit? On aurait soupçonné que vous étiez un adepte caché des sociétés de tempérance, et que vous n'étiez pas fâché de voir le bon peuple mettre de l'eau dans son vin, si votre passion pour le champagne des banquets n'avait pas corrigé cette maligne interprétation en faisant dire aux mauvaises langues que vous cherchiez des électeurs plébiscitaires. Vous avez parcouru l'Italie, c'est bien ; vous avez parcouru l'Allemagne, c'est très bien ; vous avez harangué dans toutes les provinces de France, vous avez parlé aux ouvriers, aux patrons, aux agriculteurs, aux manufacturiers, aux maîtres d'école, aux écoliers ; vous avez parlé de l'œuvre démocratique à accomplir ; mais quand avez-vous présenté un projet sérieux, bien étudié? Est-ce M. Cazot, votre ministre de la justice, qui résume votre pensée sur la réforme de la magistrature ; est-ce votre ami M. Papon qui a dit ce que vous aviez l'intention de faire pour les chemins de fer ? Votre explication de votre voyage en Allemagne est ingénieuse. Vous vouliez voir le port de Hambourg, c'est méritoire, mais pour un ingénieur qui tient à savoir comment sont construits les jetées, les bassins à flot. Pour un homme d'Etat, ces études se font dans le cabinet, avec des statistiques et des documents réunis de toutes parts par des hommes spéciaux. Vous avez été applaudi au Havre, à Bolbec, à Quillebeuf; ces ovations sont faciles à recueillir par un orateur aimable, ce sont celles récoltées par un acteur. Mais quand avez-vous étudié tous ces projets qui doivent, dites-vous, élever la démocratie et lui ouvrir une large voie de prospérité ? Ces travaux législatifs dont vous vous targuez sont-ils autre chose que de bons désirs? Le Calonne de 1780 était aimable comme vous, il voulait, disait-il, donner une nouvelle activité aux manufactures nationales et faire jouir le royaume de tous les avantages de son sol. Il visitait les machines à carder, à filer le coton de MM. Milner, la filature de M. Villers; il allait à Amiens, à Dunkerque, à Abbeville, chez MM. Vanrobais. A quoi tout cela a-t-il abouti? A quelques mémoires incomplets, écrits à la hâte pendant que les notables dormaient. J'ai bien peur qu'il n'en soit de même de vos projets. On saura un jour si votre voyage à Hambourg ne s'est pas achevé à Varzin, dans une entrevue avec le prince de Bismark, ce grand contempteur de l'espèce humaine. A ce moment ma preuve sera complète, vous serez un revenant réel, vous aurez reproduit exactement le Calonne d'autrefois dans son physique, dans ses pensées, dans sa conduite. Mais revenons au scrutin de liste, c'est la sonde avec laquelle je veux pénétrer dans votre âme, c'est la clef avec laquelle j'ouvrirai la bouche du Sphinx.

Après le magnifique mouvement de 1789, après ce grand cri d'espérance que répètent encore aujourd'hui les échos du patriotisme, ont lui de tristes et sanglants jours. Un homme étranger à tout sentiment de pitié et de moralité s'est installé dans l'ancien palais des rois, et poussant de force des citoyens affolés vers un prétendu scrutin, affirma que la France renonçait à toutes ses libertés et reprenait avec joie les chaînes qu'elle avait brisées en renversant la Bastille. L'organisation de l'ancien régime fut rétablie dans tous les départements, et du palais des Tuileries s'étendit le despotisme d'un pouvoir centralisé sur toute la surface du pays. Quand, à la suite de désastres inouïs, la France voulut reprendre la voie de 1789, elle s'est servie du réseau administratif organisé par l'empire, en tâchant d'accommoder autant que possible les anomalies qui devaient en résulter avec un régime constitutionnel. Les députés furent les intermédiaires nécessaires et obligés entre les bureaux ministériels, habitués à commander en maîtres dans les départements, et les départements qui voulaient faire respecter leurs droits. L'électeur pressait sur le député, le député sur le ministre, et ainsi s'établit un régime de liberté tolérable. Ce qui existait sous la Restauration, ce qui existait sous le gouvernement de juillet, existe encore aujourd'hui ; c'est le député qui défend les libertés départementales contre l'omnipotence des hommes de Paris ; c'est l'électeur qui, pressant sur le député, empêche le député de céder aux exigences du gouvernement central. Cette organisation n'est pas logique, elle doit être modifiée ; mais tant qu'elle existe, toute modification qui affaiblit le pouvoir de l'électeur sur le député est une modification contraire à l'intérêt de l'électeur, à l'intérêt du suffrage universel. Le scrutin de liste, en affranchissant le député, affaiblit le pouvoir de l'électeur. Voilà déjà une partie du secret du Sphinx. L'autre partie de votre programme nous sera révélée par vos coreligionnaires, comme vous les appelez à chaque instant, en attestant ainsi plus les passions d'un homme de parti que l'impartialité d'un homme d'Etat.

Ils ont enfin parlé. Ce sont des sectaires qui ne font pas grands frais d'imagination. Ils se bornent à s'approprier les vues des gens contre lesquels ils ont lutté, avec un sans-gêne qui rappelle le cynisme de l'apostasie dont parlait Berryer. M. Paul Bert ne craint pas d'être un plagiaire en rééditant les lois policières de Louis XIV contre les protestants pour les appliquer aux catholiques. M. Waldeck-Rousseau marche dans la même voie. Pendant que M. Gladstone, en présence de l'Irlande successivement déchirée par les représailles des luttes politiques et religieuses, cherche l'apaisement de ces haines séculaires dans l'application des principes de justice et de liberté, les ministres français, s'inspirant du *Contrat social* à propos des capucins, des jésuites et des trappistes et des sœurs bleues ou grises, s'écrient comme Jean-Jacques Rousseau : « Il y a telle position malheureuse où l'on ne peut conserver sa liberté qu'aux dépens de celle d'autrui, et où le citoyen ne peut être parfaitement libre que l'esclave ne soit extrêmement esclave. » Si l'on ajoute à cette petite terreur, qui paralyse des adversaires, les électeurs soldés que pourraient fournir les employés des chemins de fer rachetés par l'Etat, et la disposition d'une liste civile créée aux dépens des cultivateurs, sous le nom de pensions des invalides du travail, pour les vicieux et les imprévoyants des villes; si l'on tient compte de l'impulsion donnée à la résurrection des anciennes corporations ouvrières, dans des intérêts faciles à saisir, il est impossible de ne pas comprendre l'ensemble du plan qui est arrêté. Imitant votre facilité à ouvrir des palais pour des ministères nouveaux , vos partisans cèdent à l'attraction produite par cette grande propriété communiste, formée des revenus d'une nation, et se croient permis d'y porter les mains et d'user de ce trésor comme s'il venait d'une source inépuisable, à l'instar de l'air et de la lumière.

C'est à Paris que sont vos affections ; à chaque instant vous vous vantez d'y avoir ramené les députés de la France, en même temps que les communards qui les ont chassés.

Les agglomérations urbaines ont évidemment vos principales sympathies, et vous ne seriez pas éloigné de traiter un peu en parias la grande et saine population des campagnes, en prenant beaucoup de son argent et en lui en rendant peu. Il y a pourtant un progrès depuis l'empire qu'il faut reconnaître. Quand le prince Louis-Napoléon venait d'être élu par des millions de suffrages, et commençait à mettre la main un peu vivement dans le Trésor public, il répondit brusquement aux observations de M. Odilon Barrot : « Si on ne peut pas donner un million à une femme qu'on aime, ce n'est pas la peine d'être président. » Vous êtes moins égoïste, vous partagez avec vos amis. M. Paul Bert a dit nettement dans une circulaire que les secours donnés avec l'argent de l'Etat étaient des faveurs qu'un ministre pouvait accorder à qui bon lui semblait. C'était l'opinion de Louis XIV, quand il cherchait à conquérir les consciences protestantes à deniers comptants ; c'est le moyen sur lequel compte notre savant ministre pour créer des mœurs viriles à la nation. M. Reynal crée à ses amis des places d'administrateurs des chemins de fer de l'Etat, qui leur donneront six mille livres de rente et peu d'occupation.

Voltaire, observant les hommes d'Etat de son temps, disait : « L'art de gouverner consiste à prendre aux uns pour donner aux autres. » L'aristocratie des gens qui recevaient de son temps était moins nombreuse qu'aujourd'hui ; elle s'est élargie. Les discussions de la presse ont porté un peu de lumière sur la mission d'un gouvernement dont l'idéal devrait être l'impersonnalité et l'esprit de justice. Dans une discussion aussi oiseuse que celle qui vient d'avoir lieu sur le plus ou moins d'avantage du scrutin de liste sur le scrutin d'arrondissement, M. de Girardin soutenait que l'impôt devait être prélevé sur le capital et non sur le revenu. Tout cela est de l'enfantillage, lui répondit le célèbre polémiste Proudhon. Que vous preniez par l'impôt l'argent sur le capital ou sur le revenu, c'est appauvrir le contribuable. Le riche sera moins riche, et pourra par conséquent moins faire de dépenses profitables à ceux qui l'entourent, le pauvre sera plus pauvre ; le véritable moyen d'être utile aux pauvres comme aux riches, c'est d'empêcher ou de restreindre au moins les dépenses inutiles de l'Etat.

Etes-vous dans cette voie de bon sens, vous qui n'avez pas su apprécier le principe pratique des ministres anglais, de ne jamais éveiller les questions qui dorment, de peur de nuire à la réalisation des réformes que demande immédiatement le grand public ; vous qui, dans votre conduite, imitez plutôt ce tribun qui, voyant ses coreligionnaires prêts à faire des sottises, s'écriait : Il

faut bien que je les suive, puisque je suis leur chef,
que l'exemple de Robert Peel, ce fils d'un filateur de
laine, imposant sa volonté à la fière aristocratie de la
Grande-Bretagne; vous qui n'avez pas su comprendre
la cause de la popularité dont vous jouissez, et, par
votre conduite, semblez méconnaître les nobles et fiers
instincts de la France? On vous a appelé *fou furieux*,
on vous a baptisé du nom de *dictateur* de l'incapacité :
outrages immérités. Vous avez été un instant un Français qui ne désespérait pas de son pays ; vous avez été
un instant grand dans vos défaites et presque dans vos
fautes ; vous avez été un instant le Bonaparte espéré de
la guerre d'Italie, qui tentiez de rejeter l'ennemi hors
de nos frontières. Voilà pourquoi les foules s'attachent
encore à vous, voilà pourquoi votre nom a une légende.
Vous vous méprenez quand vous croyez que votre élo-
quence ambulatoire et vos journaux soudoyés vous
créent une puissance. C'est l'Alsace et la Lorraine qui
hantent à leur insu les cerveaux de vos auditeurs. Ils ne
se font, du reste, aucune illusion sur les moyens de ra-
patrier des frères séparés ; ils savent que le suffrage
universel fait tous les jours son œuvre, que les peuples
ressaisissent tous les jours davantage leur personnalité,
et sont de plus en plus les ennemis de ces carnages qui
appellent, sous le nom de revanche, des carnages nouveaux. Républicain autoritaire, vous confondez le gouvernement de la France centralisée par suite de sa lutte
avec l'Europe avec celui de la France paisible et labo-
rieuse, faisant respecter ses frontières et sa dignité,
mais n'attaquant personne. Enivré comme l'est un acteur sur la scène, enorgueilli avec raison par le contraste

de votre humble début dans la vie avec la position que vous avez su conquérir, vous rêvez de fonder dans une république un pouvoir à long terme, sous prétexte de vous donner le temps de faire de grandes choses. Pour l'obtenir, vous avez cherché à attacher des députés à votre personne, et à mettre ces députés en sûreté contre les fantaisies de leurs électeurs. C'est le procédé du fameux ministre Walpole, quand il disait : « Donnez-moi des hommes, j'aurai de l'argent; donnez-moi de l'argent, j'aurai des hommes. » C'était celui de Calonne, quand il payait le comte d'Artois, les Polignac et les Vaudreuil.

On vous prête la volonté de poursuivre votre œuvre en essayant de renverser, par votre influence sur la Chambre nouvelle, les ministres qui prendront le pouvoir à la suite de la tentative que vous venez de faire. Une pareille conduite formerait le cycle de mes preuves ; vous seriez sans aucun doute le Calonne de 1780.

Mais la France, qui s'est redressée il y a un siècle contre Calonne, retrouvera, en revenant en arrière, le terrible adversaire du ministre qui se jouait de ses destinées. Elle relira les phrases empreintes d'une noble franchise que lui adressait alors le comte de Mirabeau, quand il écrivait :

« J'ai oublié que le hasard m'avait fait noble, que les circonstances m'avaient fait pauvre, je me suis imposé la loi de ne dépendre que de la raison et de la justice ; j'ai étudié les divers gouvernements de l'Europe, et compris qu'un des plus grands maux tenait à la maladie meurtrière de vouloir trop gouverner. Un gouvernement n'a que deux missions à remplir : maintenir la paix extérieure par un bon système de défense ; conserver l'ordre intérieur par une administration exacte, impartiale, inflexible, de la justice ; tout le reste est du ressort de l'industrie particulière. Nul souverain, nul ministre, nul conseil ne peut connaître les affaires d'un million d'hommes seulement, et chaque individu sait en général très bien les siennes propres. Ah ! n'est-il pas possible de constituer un pays de façon que toutes les affaires se fassent sur les lieux où elles naissent et que la justice et l'intérêt commun soient respectés partout ? »

Quelques mois plus tard, la nation posait elle-même ces principes, dans la vaste enquête de ses douleurs passées et de ses aspirations pour l'avenir, et les cahiers des bailliages disaient d'une manière unanime :

« Tout le royaume sera divisé en assemblées provinciales, composées de membres librement élus. L'administration publique sera confiée aux administrations provinciales. »

Voilà le véritable évangile de la démocratie, contre lequel ne prévaudront ni les plébiscites obtenus à la suite de luttes sanglantes, ni les plébiscites surpris par des lois électorales plus ou moins adroitement combinées.

Des fonctionnaires choisis dans les départements, surveillés par les citoyens dont ils gèrent les intérêts, et protégés par eux s'ils remplissent leurs devoirs ; des tribunaux à la portée des justiciables, dont les membres soient réellement indépendants du pouvoir exécutif : voilà les mesures que réclamait la France en 1789 et qu'elle aura un jour.

Bien des événements ont éloigné les solutions qu'une

dure expérience avait enseignées à nos pères. Elles peuvent être encore retardées par les naïfs engouements d'un peuple impressionnable, chez lequel tout est dramatique et instantané. Mais que ce peuple, qui a été si souvent trompé, qui a eu, à des heures fatales, l'idolâtrie de la servitude, revienne, comme cela lui est déjà arrivé, à l'héroïsme de la liberté, qu'il s'attache à un honnête homme et le soutienne, les vœux patriotiques des Français de 1789 seront réalisés.

BESANÇON, IMPRIMERIE DE J. JACQUIN.

9 782014 053449